Mon camara

Colum

Stephen Marlowe

Writat

Cette édition parue en 2024

ISBN : 9789361466120

Publié par
Writat
email : info@writat.com

MON NAVIRE—COLUMBUS
Par STEPHEN WILDER

On nous a appris dès l'enfance que la Terre est ronde et que Colomb a découvert l'Amérique. Mais peut-être que nous accordons trop d'importance à la foi. Cette première traversée par exemple. Étiez-vous là? Avez-vous vu Colomb atterrir ? Voici l'histoire d'un homme qui peut nous donner les faits.

LE rire fit colorer ses joues. Il resta là pendant un moment, le prenant, puis décida qu'il en avait assez et qu'il allait s'asseoir. Un murmure d'amusement agitait encore la salle alors qu'il retournait à sa place et le professeur dit :

"Mais juste un instant, M. Jones. Ne pourriez- vous pas dire à la classe ce qui vous fait penser que Colomb n'était pas le "capitaine audacieux" que disent les livres d'histoire. Après tout, M. Jones, c'est un cours d'histoire. Si vous connaissez l'histoire plus ou mieux que les livres d'histoire, n'est-ce pas votre devoir de nous la raconter ? »

Il s'agrippa à ses veines coupées et grogna face à la mort.

"Je n'ai pas dit qu'il *ne l'était pas* ", a déclaré désespérément Danny Jones alors que les rires reprenaient. Certains profs étaient comme ça, pensa-t-il. S'en prendre à un élève et faire rire le reste de la classe et penser à quel point le prof était un gars formidable et quel prix cet élève malheureux était un dodo. "J'ai dit," continua Danny avec obstination, "Columbus n'était peut-être pas – peut-être n'était-il pas – le capitaine audacieux que les livres d'histoire prétendent qu'il était. Je ne peux pas le prouver. Personne ne le peut. Je n'ai pas de machine à voyager dans le temps. ".

Encore une fois, ce n'était pas la bonne chose à dire. Le professeur agita un doigt devant son visage et lança un regard sournois à Danny. "N'est-ce pas," dit-il, "n'est-ce pas, en effet ? Je commençais à penser que vous aviez été voulu par la célèbre invention littéraire de HG Wells, jeune homme." Celui-là a fait rouler la classe dans les allées.

Danny dit désespérément : "Non ! Non, je veux dire, ils ne savent même pas avec certitude si Colomb est né à Gênes. Ils pensent juste qu'il l'est. Donc ils pourraient aussi se tromper sur-"

Brusquement, le visage du professeur devint sérieux. "Mon cher M. Jones," dit-il lentement, avec acidité, "ne pensez-vous pas que nous en avons assez de la fantaisie ? Ne pensez-vous pas que nous devrions revenir à l'histoire ?"

Danny s'assit et ferma les yeux pendant un moment mais resta conscient que tout le monde le regardait, le regardait, évaluait. Ce n'était pas si facile, décida-t-il, étant un étudiant de deuxième année transféré d'un collège d'une grande ville, où presque tout se passait et où il régnait un certain anonymat dans la taille même des classes, vers un collège d'une petite ville où chaque visage, après environ une semaine, c'était familier. Danny aurait aimé garder son silence sur Columbus, mais il était trop tard maintenant. Ils le harcèleraient pendant des semaines....

Sur le chemin du retour au dortoir après les cours, il a été salué par un étudiant qui habitait au bout du couloir, un type nommé Groves, qui lui a dit : « Comment va le garçon, Danny. La prochaine chose que vous nous direz, c'est que Cortez était vraiment une espagnole sexy avec un buste de trente-huit ans qui a conquis Montezuma et ses Indiens avec son sex-appeal. Comprenez, mon garçon, j'ai dit : "

"Oh, lâche-toi," grommela Danny.

L'autre garçon rit, puis haussa les épaules, puis dit : "Oh ouais, j'ai oublié de te le dire. Il y a un télégramme qui t'attend dans le dortoir. La mère de famille l'a reçu. Eh bien, à bientôt, Vasco da Gama."

Danny se dirigea péniblement vers le dortoir de style géorgien et entra, traversa le hall et derrière les escaliers jusqu'au bureau de la mère de famille à l'arrière du bâtiment. C'était une vieille femme à l'air bienveillant, avec une auréole de cheveux blancs et un sourire qui en faisait une bonne copie de la grand-mère de tout le monde. Mais maintenant, son visage était marqué de rides étonnamment sombres. "Télégramme pour toi, Danny," dit-elle lentement. "Ils l'ont d'abord lu par téléphone, puis ils l'ont livré." Elle lui tendit une enveloppe jaune. "J'ai bien peur que ce soit une mauvaise nouvelle, Danny." Elle semblait quelque peu réticente à se séparer de la petite enveloppe jaune.

"Qu'est-ce que c'est?" » dit Danny.

"Tu ferais mieux de le lire toi-même. Tiens, assieds-toi."

Danny hocha la tête, prit l'enveloppe, s'assit et l'ouvrit. Il a lu, M. DANNY JONES, WHITNEY COLLEGE, WHITNEY , VIRGINIE. Regret de vous informer que l'oncle Averill est décédé paisiblement la nuit dernière dans son sommeil, vous laissant une propriété non précisée. Il était signé d'un nom que Danny ne reconnaissait pas.

"Je suis terriblement désolée", dit la mère de famille en posant sa main sur l'épaule de Danny.

"Oh, tout va bien, Mme Grange. Tout va bien. Vous voyez, oncle Averill n'était pas un jeune homme. Il devait avoir environ quatre-vingts ans."

« Étais-tu très proche de lui, Danny ?

"Non, pas depuis longtemps. Quand j'étais enfant—"

Mme Grange sourit.

"Eh bien, quand j'avais huit ou neuf ans, je le voyais tout le temps. Nous sommes restés chez lui sur la côte près de St. Augustine, en Floride, pendant un an. Je—je suis désolé pour oncle Averill, Mme Grange. , mais je me sens mieux à propos de quelque chose qui s'est passé en classe aujourd'hui. Je pense qu'oncle Averill aurait approuvé la façon dont j'ai agi.

"Vous voulez en parler?"

"Eh bien, c'est juste qu'il a toujours dit de ne jamais prendre aucun soi-disant fait pour acquis, surtout dans l'histoire. Je me souviens presque de sa voix maintenant, de la façon dont il disait : 'si jamais il y a un argument dans l'histoire, fiston, tout va bien." vous obtenez toujours le rapport de propagande du camp qui a gagné. Vous savez, Mme Grange, je pense qu'il avait raison. Bien sûr, beaucoup de gens pensaient que le vieil oncle Averill était un peu bizarre, c'est ce qu'ils disaient.

"Ils ne devraient pas dire de telles choses."

"Toujours en train de bricoler dans son sous-sol. C'est drôle, personne n'a jamais su pourquoi. Il ne laissait personne s'approcher de l'endroit. Il avait une minuterie et tout. Ce que personne n'a pu comprendre, c'est s'il essayait si fort de garder quelque chose qui " J'étais au sous-sol, pourquoi disparaissait-il parfois pendant des semaines sans même dire à personne où il était allé. Et je me souviens, " continua Danny en réfléchissant, " chaque fois qu'il revenait, il se lançait dans cette harangue sur l'histoire, comme si, d'une manière ou d'une autre, il avait confirmé ses soupçons. C'était un vieux drôle mais je l'aimais bien."

"Tu te souviens de lui si clairement après toutes ces années sera la meilleure épitaphe que ton oncle puisse avoir, Danny. Mais qu'est-ce que tu vas faire ? À propos de ce qu'il t'a laissé, je veux dire."

"Oncle Averill a toujours aimé la rapidité. S'il me laissait quelque chose, il voudrait que je le récupère immédiatement. Je suppose que je devrais aller à St. Augustine aussi vite que possible."

"Mais tes cours—"

"Je vais devoir prendre un congé d'urgence."

« Dans ces circonstances, je suis sûr que l'université approuvera. Pensez-vous que votre oncle vous a laissé quelque chose… enfin… d'important ?

"Important?" Danny répéta le mot. "Non, je ne pense pas. Pas selon les standards du monde. Mais cela devait être important pour Oncle Averill. Il était un... vous savez, un briseur d'image..."

"Un iconoclaste", a fourni Mme Grange.

" Oui , je suis un iconoclaste. Mais je l'aimais bien. "

Mme Grange hocha la tête. "Tu ferais mieux de venir voir le doyen."

Une heure plus tard, Danny était au dépôt de bus, attendant le Greyhound qui le conduirait à Richmond, où il prendrait un train pour le sud et la Floride.

C'était une maison décousue en stuc blanc avec un toit de tuiles rouges et un agréable bosquet de palmiers devant et des hibiscus rouge flamboyant grimpant sur le stuc. L'avocat, dont le nom était Tartalion , l'accueillit à la porte.

"Je vais passer aux choses sérieuses, M. Jones," dit Tartalion après qu'ils soient entrés dans la maison. "Ton oncle le voulait ainsi."

"Attends une minute," dit Danny, "ne me dis pas qu'ils ont déjà eu les funérailles ?"

"Votre oncle ne croyait pas aux funérailles. Son testament prévoyait la crémation."

"Mais c'était tellement—"

"Soudain ? Je sais, le testament n'a pas été officiellement homologué. Mais ton oncle avait un juge pour ami, et vu les circonstances, ses souhaits ont été exaucés. Maintenant, tu sais pourquoi tu es ici ?"

"Tu veux dire, qu'est-ce qu'il m'a laissé ? Je pensais que je pourrais au moins voir son—"

"Son corps ? Pas ton oncle, pas le vieux Averill Jones. Tu devrais le savoir. Sonny," demanda brusquement l'avocat, "à quel point connaissais-tu le vieil homme ?"

Le fils s'irrita. Après tout, pensa Danny, j'ai dix-neuf ans. J'aime la bière et les filles et je ne suis plus un fils. Il soupira et pensa à son cours d'histoire, puis pensa à l'opinion de l'oncle Averill sur l'histoire et se sentit mieux. Il a expliqué la relation à M. Tartalion et a attendu que l'avocat parle.

"Eh bien, ça me bat", a admis Tartalion . "Pourquoi il l'a laissé à un neveu qu'il n'a pas vu depuis dix ou onze ans, je veux dire. Ne me regarde pas comme ça. Tu sais, cet engin qu'il avait dans le sous-sol, n'est-ce pas ? Comment il aurait pu le faire ." Je n'ai jamais laissé personne s'en approcher ? Alors dis-moi quelque chose, Danny, pourquoi t'a-t-il laissé le soin ?

"Tu rigoles!" Danny a pleuré.

"J'étais l'avocat de ton oncle. Je ne plaisanterais pas à ce sujet. Il a dit que c'était la seule chose qu'il valait la peine de vouloir . Il a dit qu'il te l'avait légué. Tu veux que je te lise la clause ?"

Danny hocha la tête. Il se sentait étrangement flatté, car l'engin dans la cave d'Averill Jones – un engin que personne d'autre qu'Averill Jones n'avait jamais vu – avait été la chose la plus chère dans la vie du vieux célibataire. En fait, il n'était pas l'oncle de Danny, mais son grand-oncle . Il avait vécu seul à Saint-Augustin et aimait vivre seul. Le seul parent qu'il avait toléré était Danny, quand Danny était un petit garçon. Puis, alors que Danny approchait de son neuvième anniversaire, le vieil homme avait dit : « On t'apprend trop de choses à l'école, mon fils. Trop de mauvaises choses, trop de notions de grande valeur, trop de vieilles foutaises. tu te rends en quelque sorte rare pendant quelques années ? Cela avait été direct et direct. Cela avait fait pleurer Danny. Il n'avait pas pensé à ce qui s'était passé le dernier jour où il avait vu son grand-oncle depuis des années, mais il y pensait maintenant.

"Mais pourquoi ne puis-je pas revenir te voir ?" avait-il demandé en larmes.

"A cause de la machine, mon fils."

"Mais *pourquoi*, mon oncle ?"

"Hé, allez maintenant et arrête de pleurer sur moi. Si tu ne peux pas, tu ne peux pas."

"Tu dois me dire pourquoi !"

"Petite créature têtue. Eh bien, j'aime ça. Très bien, je vais te dire pourquoi. Parce que la machine a une drôle de sorte de carburant, voilà pourquoi. Elle ne fonctionne pas à l'essence, Danny, ou quelque chose comme ça."

"Qu'est-ce que ça fait, mon oncle ?"

Mais le vieil homme avait secoué la tête. "Peut-être qu'un jour, après mon départ, tu le sauras. Si quelqu'un le découvre, ce sera toi, et c'est une promesse."

"Tu ne m'as toujours pas dit pourquoi je dois partir."

"Parce que... eh bien, n'allez pas dire ça à vos parents, mon fils, sinon ils penseront que le vieil oncle Averill a une vis desserrée quelque part - parce que cette machine que j'ai en bas fonctionne sur la foi. Sur la foi, vous comprenez ? Oh, pas le genre de foi qu'ils pensent être important et dont ils parlent et font beaucoup de sermons , mais un autre type de foi personnelle, pourriez-vous dire, la foi dans un rêve ou une croyance, peu importe ce que pensent les gens. Qu'est-ce qui ruine cette foi ? »

"Non", avait dit Danny, les yeux très grands.

"Connaissance!" s'écria son oncle. "Trop de prétendues connaissances qui ne sont pas du tout des connaissances, mais des ouï-dire. C'est ce qu'on t'enseigne. À l'école, ailleurs, tous les jours de ta vie. Je te dirai quand tu pourras revenir, Danny. : quand tu es prêt à en jeter la majeure partie par-dessus bord, d'accord ? »

Il avait dû dire d'accord. C'était la dernière fois qu'il voyait son oncle, mais ce n'étaient pas les derniers mots que lui avait adressé Averill Jones, car le vieil homme avait ajouté en se levant pour partir : « N'oublie pas, mon fils . Ne les laissez pas vous tromper. L'histoire est de la propagande – du point de vue du vainqueur, si un camp a perdu la guerre et s'est fait piétiner, vous ne voyez jamais la guerre de son point de vue. et piétiné, l'idée est ridiculisée . Ne l'oublie pas, mon fils, si tu crois quelque chose, si tu *sais*. c'est vrai, ayez confiance en cela et ne vous souciez pas de ce que les gens disent. Promesse?"

Danny, les yeux remplis de larmes parce qu'il sentait qu'il ne reverrait plus jamais oncle Averill, avait dit qu'il avait promis.

"... à mon neveu, Danny Jones", lisait l'avocat. "Alors, tu vois, tu devras aller là-bas et examiner la chose. Naturellement, je devrai quitter la maison pendant que tu le feras et je ne pourrai pas revenir tant que tu ne me diras pas que je peux. —"

"Mais pourquoi?"

"Tu n'écoutais pas ?"

"Je suppose que je pensais à mon oncle."

"Eh bien, la clause dit que vous devez examiner la machine seul, sans personne d'autre dans la maison. C'est parfaitement légal. Si c'est ce que voulait votre oncle, c'est ce qu'il obtiendra. Êtes-vous prêt ?"

Danny hocha la tête et Tartalion lui serra solennellement la main, puis quitta la pièce. Danny entendit les pas de l'avocat s'éloigner, la porte d'entrée s'ouvrir et se fermer, le moteur d'une voiture démarrer . Puis, lentement, il traversa le salon de la maison de son oncle décédé, traversa la cuisine longue et étroite et jusqu'aux escaliers du sous-sol. Ses mains étaient très sèches et il sentait son cœur battre à tout rompre. Il était nerveux, ce qui le surprit.

Mais pourquoi? pensa- t-il , pourquoi cela devrait-il me surprendre ? Toute ma vie, le sous-sol d'oncle Averill a été un mystère. Soyons réalistes , Danny-boy, tu n'as pas vraiment eu une vie aventureuse. Peut-être que l'oncle Averill était la plus grande aventure, avec sa machine secrète et ses étranges disparitions. Et peut-être qu'oncle Averill a fait du bon travail de vente quand tu étais petit, parce que cette machine représente un mystère pour toi. Ce n'est probablement rien de plus qu'une meilleure souricière, mais vous voulez le croire, n'est-ce pas ? Et vous êtes nerveux parce que la façon dont oncle Averill vous a éloigné, vous et tous les autres, de son sous-sol lorsque vous étiez enfant, en fait un endroit effrayant, même maintenant.

Il a ouvert la porte du sous-sol avec une clé que l'avocat lui avait remise. Au-delà de la porte se trouvaient cinq marches et une autre porte, celle-ci en métal. Autrefois, il y avait une serrure temporelle, se souvenait Danny, mais cette serrure n'était plus disponible maintenant. La porte métallique battit lourdement, comme la porte d'un coffre-fort de banque, et Danny se retrouva de l'autre côté. Il faisait sombre là-bas, mais une faible lumière s'infiltrait par de petites fenêtres hautes et, en quelques instants, les yeux de Danny s'habituèrent à l'obscurité.

Le sous-sol était vide, à l'exception de ce qui ressemblait à une grosse vieille malle de bateau à vapeur au centre du sol en ciment poussiéreux.

Danny était déçu. Il avait des visions d'enfance d'un labyrinthe complexe de machines encombrant chaque pied carré disponible du sous-sol, mais maintenant il savait que quoi que ce soit qui avait pris tant de temps à l'oncle Averill pouvait tenir dans l'étrange coffre à vapeur au centre. du sol et n'était donc pas beaucoup plus grand qu'un téléviseur de bonne taille. Il se dirigea lentement vers le coffre et resta quelques instants au-dessus du couvercle. C'était un bateau à vapeur d'aspect ancien : oncle Averill devait en être propriétaire depuis sa propre jeunesse. Pourtant, juste un simple coffre.

Danny n'était pas pressé d'ouvrir le couvercle, qui ne semblait pas verrouillé . Pendant quelques instants, au moins, il put se protéger d'une nouvelle déception, car il avait maintenant le pressentiment que la machine d'oncle Averill allait être un raté de première classe. Peut-être, pensa-t-il sombrement, oncle Averill n'aimait tout simplement pas être avec les gens et avait utilisé la ruse d'une porte de coffre-fort de banque et d'un coffre de bateau à vapeur vide pour garantir l'intimité chaque fois qu'il en ressentait le besoin.

En se souvenant du cours d'histoire, Danny décida que, après tout, ce n'était parfois pas une mauvaise idée. Finalement, il s'est traité d'idiot d'avoir attendu et a vomi le couvercle du coffre.

Une petite valise était tout ce qu'il voyait à l'intérieur, même si l'intérieur du coffre était plus grand que ce à quoi il s'était attendu. Un homme pourrait probablement s'y blottir assez confortablement. Mais la vitrine... la vitrine ressemblait exactement à ce qu'elle devrait abriter un magnétophone.

Danny tendit la main et sortit la valise. C'était lourd, à peu près aussi lourd qu'un magnétophone devrait l'être. Danny le posa sur le sol et l'ouvrit.

Ce qu'il a vu était un magnétophone alimenté par batterie. Sa déception augmentait : oncle Averill lui avait laissé un message , c'est tout. Cependant, consciencieusement, il installa les bobines et enclencha l'interrupteur.

Une voix d'hier – la voix de l'oncle Averill – lui parla.

"Bonjour, Danny", dit-il. "Au fil des années, j'oublie exactement quel âge tu as, mon garçon. Dix-sept ans ? Dix-huit ? Vingt ? Eh bien, cela n'a pas d'importance, si tu crois encore. Si tu as la foi. La foi en quoi ? Peut-être que maintenant tu ' Vous êtes assez vieux pour savoir. Je veux dire la foi en – ne pas avoir la foi. C'est-à-dire la foi en ne pas prendre fidèlement toutes les connaissances stupides qu'on essaie de vous enfoncer dans la gorge à l'école. Vous voyez ce que je veux dire ? l'histoire, Danny : tu as de la propagande, c'est tout, du côté des vainqueurs. Si tu as assez confiance en toi, Danny, assez de foi pour ne pas croire tout ce que les livres d'histoire te disent, c'est le genre de foi que je veux dire. m'a donné la vie la plus intéressante qu'un homme ait jamais vécu, ne vous y trompez pas.

"Je suis mort, Danny. Oui, le vieil oncle Averill est mort. Parce que ce magnétophone ne te sera pas laissé dans mon testament jusqu'à ma mort. Mais , pas de regrets, mon garçon. J'ai eu une belle vie. Comme c'est génial — personne ne le sait. Seulement toi, tu es sur le point de le découvrir. Croyes-tu comme je l'ai en tête maintenant, mon fils. ces bobines et rentre chez toi.

Danny réfléchit. Il se souvint de ce qui s'était passé pendant son cours d'histoire. N'était-ce pas le genre de foi qu'oncle Averill avait en tête ? La foi pour ne pas croire aux contes de fées historiques ? La foi pour douter quand on devrait douter ? La foi d'être sceptique....

"Bien", dit la voix du passé. "Alors tu es toujours là. Regarde devant toi, Danny-boy. La malle. Le vieux bateau à vapeur. Tu sais ce que c'est ?"

"Non," dit Danny, puis il plaça une main sur sa bouche. Pendant un instant , il avait cru réellement parler au mort.

"C'est une machine à voyager dans le temps", dit la voix de son oncle.

Il y eut un silence. La bande continuait à se dérouler. Pendant un instant, Danny crut que c'était tout. Puis la voix continua : "Non, ton vieux grand-oncle n'est pas fou, Danny. C'est une machine à voyager dans le temps. Je sais que c'est une machine à voyager dans le temps parce que je l'ai utilisée toute ma vie. Tu t'attendais à une sorte de gadget compliqué ici, je Je sais, j'ai fait croire à tout le monde que c'était un gadget. Descendre dans son sous-sol et bricoler un gadget, c'est bien dans notre culture, mon garçon, c'est un comportement approuvé, mais verrouiller la porte d'un coffre-fort derrière soi et se blottir dans un coffre-fort. un coffre de bateau à vapeur, ce n'est pas approuvé, n'est-ce pas ?

"Je vais te parler de cette machine à voyager dans le temps, fiston. Ce n'est pas du tout une machine, au sens strict du terme. Tu peux le voir. C'est juste... eh bien, une boîte vide. Mais ça marche, et de quoi d'autre un homme devrait-il se soucier ?

"C'est drôle comme je l'ai eu. J'avais dix-huit ou vingt ans, peut-être. Et mon grand-oncle Daniel me l'a donné. Daniel, amène-moi. Daniel à Averill à Daniel. Alors quand tu as un petit-neveu , veille à ce que son nom soit Averill, tu comprends ? Continue comme ça, Danny, parce que cette malle est beaucoup plus vieille que tu ne le penses.

"Et tu peux voyager dans le temps avec. Ne me regarde pas comme ça, je sais ce que tu penses. Le voyage dans le temps n'existe pas . Au sens strict du terme, c'est impossible. Tu Je ne peux pas ressusciter le passé ou jeter un coup d'œil sur le futur à naître. Eh bien, je ne sais pas pour le futur, mais je connais le passé. Mais tu dois avoir la foi, tu dois être un enfant dans l'âme, Danny. Tu dois faire ce rêve, tu vois ?

"Parce que vous ne voyagez nulle part. Mais votre esprit le fait, et c'est comme si vous vous réveilliez dans le corps de quelqu'un d'autre, attiré par lui comme un aimant, quelqu'un d'autre - à un autre *moment* . Votre corps reste ici, vous voyez. Dans le tronc. Dans ce qu'ils appelaient l'animation suspendue. Mais vous, le vrai vous, celui qui sait rêver et croire, vous revenez.

"Ne commettez pas l'erreur que j'ai commise au début. Ce n'est pas un rêve au sens habituel du terme. C'est réel, Danny. Tu es quelqu'un d'autre là-bas, d'accord, mais s'il est blessé, tu es blessé. Si il meurt, il tape pour Danny Jones ! Vous m'avez compris ? »

La voix du mort rit. "Mais ne pensez pas que cela signifie automatiquement que vous serez capable de voyager dans le temps. Parce que vous devez avoir la bonne attitude. Vous devez croire en vous-même, et non en toutes les fictions historiques qu'ils vous donnent. Maintenant, faites- le." tu comprends ? Si tu es assez sceptique et si en même temps tu aimes assez rêver, c'est tout ce qu'il faut. Tu veux l'essayer ?

Soudain, la voix disparut. C'était tout ce qu'il y avait et au début, Danny n'arrivait pas à y croire. Un sentiment d'amère déception l'envahit – non pas parce que l'oncle Averill ne lui avait rien laissé à part une vieille malle de bateau à vapeur, mais parce que l'oncle Averill avait, pour le moins, perdu son rock.

La fabuleuse machine au sous-sol n'était rien.

Juste une malle à vapeur et une incroyable histoire de voyage dans le temps .

Danny soupira et commença à retourner vers les escaliers de la cave. Il fit une pause. Il se retourna avec incertitude et regarda le coffre. Après tout, il avait promis ; au moins, il s'était promis d'exécuter les souhaits de son étrange oncle. En plus, il était venu jusqu'ici depuis le Whitney College et il devrait au moins essayer la machine.

Mais il n'y avait aucune machine.

Essaye le coffre alors ? Il n'y avait rien à essayer à part s'y blottir et peut-être fermer le couvercle. Oncle Averill était aussi un farceur. Cela ressemblerait peut-être à l'oncle Averill que le couvercle se ferme et se verrouille automatiquement, de sorte que Danny doive taper sur ses doigts noir et bleu jusqu'à ce que l'avocat l'entende et vienne le chercher.

Tu vois, fiston ? ce serait le point de vue de l'oncle Averill. Vous m'avez cru et vous auriez dû le savoir.

Danny se maudit et retourna au coffre. Il regarda l'intérieur béant pendant quelques secondes, puis posa d'abord un pied, puis l'autre par-dessus le côté. Il s'assit et regarda un papier bleu qui se décollait. Il s'est retourné et s'est recroquevillé. Le bas du coffre était bien ajusté. Il leva la main et trouva une corde qui pendait vers lui. Il abaissa le couvercle, souriant de sa propre crédulité, et se retrouva plongé dans l'obscurité totale.

Mais ce serait merveilleux, se surprit-il à penser. Ce serait la chose la plus merveilleuse au monde, de pouvoir voyager dans le temps et de voir par vous-même ce qui s'est réellement passé au cours de toutes les époques colorées du monde et de prendre part aux aventures les plus folles et les plus fières de l'humanité.

Il pensa, je veux croire. Ce serait tellement merveilleux de le croire.

Il pensa aussi à son cours d'histoire. Il ne le savait pas, mais son cours d'histoire était très important. C'était crucial. Tout dépendait de son cours d'histoire. Parce qu'il doutait. Il ne voulait pas prendre pour acquis le courage et l'intelligence de Colomb. Il n'y avait aucun document survivant, alors pourquoi le ferait-il ?

Peut-être que Colomb était un observateur de troisième ordre !

Peut-être – au moins, vous n'étiez pas obligé de l'adorer comme un héros simplement parce qu'il avait découvert …

Maintenant, qu'a-t-il découvert ?

Dans l'obscurité absolue et un bourdonnement dans les oreilles et au loin une faible lumière rougeoyante et plus grande et plus brillante et le tourbillon tourbillonnant clignotant je ne crois pas mais étrangement d'une manière ou d'une autre j'ai la foi, la foi en moi-même, bourdonnant, bourdonnant, brillant...

Le monde a explosé.

Il y eut beaucoup de rires dans la taverne.

Au début, il crut que le rire était dirigé contre lui. Étonné, il releva la tête. Il vit des chevrons en bois brut, une fenêtre en verre au plomb, un mur taché et gras, de lourdes tables en planches de bois avec de lourdes chaises et une équipe à l'air barbare buvant dans de lourdes tasses en argile. Une des tasses était devant lui et il la porta à ses lèvres sans réfléchir.

C'était de la bière, la bière la plus forte qu'il ait jamais goûtée. Il l'a descendu d'une manière ou d'une autre sans bâillonner. Le rire revint, roulant sur lui comme une vague. Une servante se précipita, les jupes clignotantes, un plateau grossier de tasses en argile savamment équilibrées dans une main. Un homme avec une épée à son côté se leva en chancelant, ivre et griffa la jeune fille, mais elle le repoussa sur son siège et continua de marcher.

La troisième vague de rire retentit, puis il y eut un bref silence.

"Tu bois trop, Martin Pinzon ?" » demanda le compagnon de Danny à la longue table. C'était un vieil homme à l'air maléfique, avec un cache-œil sur un œil, une petite barbe blanche en forme de pelle et des joues mal rasées.

"Pas moi ", dit Danny, étonné parce que la langue ne lui était pas familière et pourtant il pouvait à la fois la comprendre et la parler. "Qu'est ce qu'il y a de si drôle?" Il a demandé. "Pourquoi est-ce que tout le monde rit ?"

La main du vieil homme lui frappa le dos et la bouche s'ouvrit pour montrer d'affreuses dents noircies et le vieil homme rit si fort que des crachats tacher sa barbe. "Comme si tu ne le savais pas", réussit-il à dire. " Comme si tu ne le savais pas, Martin Pinzon. C'est encore ce marin faible d'esprit, celui qui prétend avoir une charte pour trois caravelles de la Reine elle-même. Ivre comme Bacchus et voilà sa jolie petite fille qui essaie de l'amener à reviens à la maison, je te le dis, Martin Pinzon, s'il ne l'est pas..."

Mais maintenant, Danny n'écoutait plus. Il regarda autour de la taverne jusqu'à ce qu'il voie la cause de tous ces rires. Lentement, attiré irrésistiblement, Martin Pinzon – ou Danny Jones – se leva et marcha jusqu'à là.

Cet homme était ivre comme Bacchus, c'est vrai. C'était un homme peut-être un peu plus grand que la moyenne. Il avait une grosse tête avec un nez arrogant dominant le visage, mais la bouche était faible et indécise. Il regardait, ivre, une belle fille qui ne devait pas avoir plus de dix-sept ans.

La fille disait : "S'il te plaît, papa. Reviens à l'hôtel avec moi. Papa, tu ne réalises pas que tu navigues demain ?"

" Gowananlemebe ", marmonna l'homme.

"Papa. S'il te plaît. La charte de la Reine—"

« J'étais ivre quand je l'ai pris et ivre quand j'ai examiné ces trois caravelles puantes et… » Il se pencha en avant comme pour parler avec la plus profonde confiance, mais sa voix ivre était toujours très forte – « et ivre quand j'ai dit que le monde était rond. . JE-"

"Vous entendez cela?" quelqu'un a pleuré. "Le vieux Chris était ivre quand il a dit que le monde était rond !"

"Il doit l'être!" » cria quelqu'un d'autre. Tout le monde a rigolé.

"Allez, papa," supplia la jeune fille. Elle portait un châle sur sa robe et un autre châle sur la tête. Ses cheveux blonds ressortaient à peine et elle était magnifique. Elle essaya de relever son père par un bras, mais il était trop lourd pour elle.

Elle regarda la pièce avec défi alors que les rires éclataient à nouveau. « Des hommes courageux ! se moqua-t-elle. "Une bande de gens au foyer. Quelqu'un ne veut pas m'aider ? Papa part demain."

"Papa part demain", dit quelqu'un en mimant son ton désespéré. "Tu ne savais pas que papa partait demain ?"

"Je ne navigue nulle part", marmonna le père. "Le monde n'est pas rond. Ivre. Vous pensez que je veux tomber par-dessus bord ? Vous pensez que je—"

"Oh, papa," gémit la jeune fille. « Est-ce que quelqu'un ne m'aidera pas à… » Et elle tira de nouveau sur le bras de l'homme… « pour le mettre au lit.

Un grand homme à proximité grogna : "Je vais t'aider à te coucher , ma fille, mais ce ne sera pas avec ton vieux père. Hein, les amis ?" s'écria-t-il, et la taverne résonna de rire. Le grand homme se leva et s'approcha de la jeune fille. "Maintenant, écoute, ma fille," dit-il en lui prenant le bras. "Pourquoi n'oublies-tu pas ce salaud de père ivre et—"

Fissure! Sa main effleura sa joue et la frappa comme un coup de pistolet. Le grand homme cligna des yeux et sourit. "Alors tu as du courage, n'est-ce pas ? Eh bien, c'est plus que ce que je peux dire de ton père, trop jaune et trop ivre pour exécuter la proposition de la reine de Castille..."

La main apparut à nouveau, mais cette fois le grand homme l'attrapa dans l'une des siennes et se tourna latéralement contre la jeune fille, la forçant à s'appuyer contre le bord de la table. "J'aime que mes filles luttent", dit-il, et le visage de la jeune fille devint blanc alors qu'elle se laissa soudainement moller dans ses bras.

L'homme sourit. "Oh, je les aime molles, ma fille. Quand ils sont jolis comme une rose, comme toi, qui s'en soucie ?"

"Papa!" cria la fille. Le visage du grand homme planait au-dessus du sien, masquant les lumières des lampes à huile, ses lèvres épaisses presque bavantes…

"Juste une minute, mec!" » cria Danny en s'avançant hardiment vers eux. S'arrêtant à peine dans ses efforts pour embrasser la jeune fille qui se débattait à nouveau, le grand homme frappa en arrière avec un bras énorme et fit chanceler Danny. Qui qu'il soit, c'était une figure populaire. Les rires étaient encore plus forts maintenant. Tout le monde passait un bon moment, aux dépens de Danny désormais.

Danny s'est écrasé contre une chaise, la renversant. Un bol de soupe s'écrasa, le lourd bol se brisa, le contenu chaud le brûlant. Il se leva et entendit la fille crier. Instinctivement, il saisit les deux pieds de la lourde chaise et la souleva. Puis il revint en courant à travers la pièce.

"Derrière toi, Pietro !" cria une voix, et au dernier moment le grand homme se retourna et fit face à Danny, puis se jeta sur le côté, emmenant la jeune fille avec lui.

Danny ne pouvait pas contrôler ses bras, qui portaient la lourde chaise au-dessus de sa tête. Il tomba avec fracas contre le bord de la grande table en planches. La chaise s'est brisée dans les bras de Danny. Une jambe s'est envolée et a frappé le grand homme au visage, apportant du sang juste en dessous de la pommette . Il hurla de surprise et de douleur et se dirigea lourdement vers Danny.

Danny était conscient que la fille se recroquevillait sur le côté, conscient qu'un autre pied de la chaise était toujours saisi dans sa main droite. Ce n'était qu'un garçon, se surprit-il à réfléchir rapidement, désespéré. Si le géant l'attrapait, ne l'attrapait qu'une seule fois, le combat serait terminé. L'homme faisait deux fois sa taille, deux fois son poids. Pourtant, il devait faire quelque chose pour aider la jeune fille....

Le géant s'est précipité vers lui. Les gros bras se levèrent au-dessus du visage lourd et brutal… Et Danny passa sous eux avec le pied de chaise, en frappant le bout contre l'énorme taille de l'homme. Pietro – car tel était le nom de cet homme – s'affaissa de quelques centimètres, le souffle lourd d'ail s'échappant de sa bouche. Mais il a quand même mis ses grandes mains autour de la gorge de Danny et a commencé à la serrer.

Danny vit les chevrons en bois, la fenêtre, une serveuse de bar debout, la bouche ouverte, les observant, l'homme ivre et sa fille, puis une confusion floue et larmoyante alors que ses yeux s'assombrirent. Il était conscient de balancer le club, de frapper quelque chose, d'étendre le club aussi loin que possible, puis de le renvoyer vers lui, frappant quelque chose qu'il espérait être la tête de Pietro. Il sentit sa bouche se relâcher et se demanda si sa langue pendait. Exerçant toutes ses forces, il frappa machinalement, désespérément, avec le pied de la chaise.

Et lentement, la constriction quitta sa gorge. Quelque chose frappa sa taille, le renversant presque. Quelque chose poussa contre ses jambes, le plaquant contre la table. Il baissa les yeux. Ses yeux étaient larmoyants, sa gorge brûlante. Le géant Pietro gisait, respirant stertorement , à ses pieds.

Une petite main attrapa la sienne. "Père va venir maintenant", dit une voix. "Je ne... je ne sais même pas qui vous êtes, mais je tiens à vous remercier. Je vous remercie pour moi et pour la Reine, et pour Dieu, señor . Vous feriez mieux de venir vite, avec nous. Est-ce que ça fait très mal ?"

Danny essaya de parler. Sa voix était rauque dans sa gorge. La jeune fille lui serra la main et, avec elle et l'homme ivre qui était son père, il quitta la taverne. Le géant Pietro était en train de se lever et leur tendait lentement le poing...

C'était une petite chambre située au dernier étage d'un ancien immeuble au bord de l'eau, dans le port espagnol de Palos. Ou bien , se corrigea Danny, le port castillan de Palos. Parce qu'en cette année de grâce 1492, l'Espagne était à peine devenue un pays unifié.

"Tu te sens mieux, Martin Pinzon ?" lui demanda la belle fille.

Il avait donné comme sien le nom qu'il avait entendu, Martin Pinzon. Il faisait très chaud dans la pièce. La nuit d'août dehors était également chaude, étouffante et sans étoiles. Le père de la jeune fille se reposait désormais, sa respiration était irrégulière. Le nom de la fille était Nina. L'une des petites caravelles de la flotte de trois navires de son père porte son nom. Son nom complet était Nina Columbus.

Nina a apporté un autre chiffon humide et en a recouvert la gorge enflée de Danny. "Est-ce que ça fait très mal ?" » dit-elle, et, pour la dixième fois, « nous n'avons pas d'argent pour vous remercier, monsieur.

"N'importe quel homme aurait—"

"Mais tu étais le seul. Le seul... peu importe. Martin, écoute. Je n'ai pas le droit de te déranger, mais... c'est père. Demain, c'est le deuxième jour d'août, tu vois, et c'est partout à Palos. que demain il navigue avec la charte de la Reine...."

"Alors si tu t'inquiètes pour ce grand homme, Pietro, tu peux l'oublier. Si tu navigue, je veux dire."

"C'est juste ça," dit désespérément Nina. "Père ne veut pas naviguer. Martin, dis-moi, tu crois que le monde est rond ?"

Danny hocha la tête très sobrement. "Oui, Nina," lui dit-il doucement. "Le monde est rond. Je le crois."

"Ce n'est pas mon père ! C'est drôle, n'est-ce pas, Martin ?" dit-elle d'une voix qui lui disait qu'elle ne trouvait pas ça drôle du tout. "Toute l'Espagne - et

Gênes aussi - pense que demain matin mon père, Christophe Colomb, partira vers l'ouest inexploré, confiant qu'il arrivera, après un long voyage, à l'Est - alors qu'en réalité mon père, ce même Christophe Colomb, ment. ici dans une stupeur ivre parce qu'il n'a pas le courage d'affronter ses convictions et... oh, Martin ! Sa voix se brisa, son joli visage se plissa. Elle sanglotait dans ses mains. Doucement, Danny lui caressa le dos.

"Voilà maintenant, vas-y doucement", dit-il. "Ton père naviguera. Je sais qu'il naviguera . Crois-tu que le monde est rond, petite Nina ?"

"Oui. Oh oui, oui, oui !"

"Il naviguera. Il le prouvera et sera célèbre. Je sais qu'il le fera."

"Oh, Martin. Tu as l'air si sûr de toi. J'aimerais pouvoir..."

"Nina, écoute. Ton père va naviguer."

"Tu vas nous aider, tu veux dire ?"

"Oui. Très bien, je vais t'aider. Maintenant, dors un peu si tu veux te réveiller et lui dire au revoir demain matin. Parce que je vais le lever avant le soleil pour—"

"Es-tu aussi un voilier ? Tu viens avec lui ?"

"Bien ..."

"Attends ! Martin, je me souviens de toi maintenant. Martin Pinzon. À la réunion de l'organisation pour prouver la forme ronde de la Terre . Toi ! Tu étais là. Et une fois, une fois alors qu'il n'était pas ivre, mon père a dit qu'un Don Pinzon commanderait un de nos trois navires, c'était le Nina, la caravelle qui porte mon nom. Êtes-vous ce Don Pinzon ?

Lentement, Danny hocha la tête. Il se souvenait de son histoire maintenant . Le Nina *avait* été commandé par un certain Don Pinzon, Don Martin Pinzon ! Et il était désormais ce Martin Pinzon, lui, Danny Jones. Ce qui signifiait qu'il partait avec Colomb découvrir un nouveau monde ! Un jeune américain de dix-neuf ans va assister à l'événement le plus important de l'histoire américaine....

"Oui," dit lentement Danny, "je suis Don Pinzon."

"Mais... mais tu es si jeune !"

Danny haussa les épaules. "J'ai vu plus de monde que tu ne le croirais, Nina."

"La mer occidentale ? Vous avez été sur la mer occidentale, jusqu'aux îles Canaries, peut-être ?" » demanda-t-elle d'une voix impressionnée.

"Je connais la mer occidentale", a-t-il déclaré. "Fais-moi confiance."

Elle s'est approchée très près. Elle le regarda longuement dans les yeux. "Je te fais confiance, Martin. Oh oui, je te fais confiance. Écoute, Martin. J'y vais. Je vais avec toi. Je dois y aller avec toi."

"Mais une fille—"

"C'est mon père. Je l'aime, Martin. Il a besoin de moi. Martin, n'essaye pas de m'arrêter. Je veux que tu m'aides à bord, pour voir qu'il... oh, Martin, tu l'auras tellement Il y a beaucoup à faire parce que le reste de notre équipage – dont certains sont déjà embauchés par les trois commissaires de bord de la caravelle – sera une équipe de vauriens et de vauriens qui s'embarqueront dans l'inconnu parce qu'ils n'ont absolument rien à faire. perdre. Père a besoin de toi parce que les autres s'en moquent.

"Les trois caravelles navigueront vers l'ouest", lui dit Danny. "Croyez-moi, ils navigueront vers l'ouest. Maintenant, dormez un peu."

Son visage était encore très proche. Ses yeux se remplirent de larmes, mais ce n'étaient pas des larmes de tristesse. Elle prit ses joues dans ses mains et l'embrassa doucement sur les lèvres. Elle lui sourit, ses propres lèvres tremblantes.

«Martin», dit-elle.

Ses bras bougèrent. Ils la contournèrent, rapprochèrent sa douceur. Elle murmura quelque chose, mais il ne l'entendit pas. Ses lèvres trouvèrent les siennes une seconde fois, avec férocité. Ses mains, son épaule, sa gorge, elle...

"Plat", marmonna Colomb. "Plat. Absolument plat. La Terre est plate comme une crêpe..."

"Oh, Martin !" Nina a pleuré.

———

Il pleuvait le matin. Une pluie battante et violente s'abat sur le port maritime de Palos. Les trois caravelles flottaient côte à côte dans le petit port et une foule nombreuse et moqueuse s'était rassemblée. La foule éclata de rire lorsque Colomb et son petit groupe apparurent à pied.

"J'ai besoin d'un verre", murmura Columbus. "Je ne peux pas aller jusqu'au bout."

"Père," dit Nina. "Nous sommes avec vous. Je suis là. Martin est là."

"Je ne peux pas y aller—"

"Il faut aller jusqu'au bout ! Pour vous et pour le monde. Maintenant, tenez-vous droit, père. Ils vous regardent. Ils vous regardent tous."

Columbus, pensa Danny. Le voyageur intrépide qui avait découvert un nouveau monde ! Il sourit sinistrement. Colomb, auraient dû dire les livres d'histoire, l'idiot ivre qui n'avait même pas le courage d'affronter ses propres convictions.

Ils marchèrent devant la foule ridicule. La gorge de Danny était toujours douloureuse. Il n'avait pourtant pas peur. Il était probablement le seul homme de l'équipage à ne pas avoir peur. Les autres ne se souciaient pas de leur destination, c'est vrai : mais ils voulaient l'atteindre vivants. Danny savait que le voyage se terminerait par un succès. La fin du voyage ne lui disait rien. Cela a été écrit dans l'histoire. C'était ...

À moins que, soudain, il se soit mis à penser, je suis revenu ici pour l'écrire. Il sourit à sa propre bravade. Qu'auraient-ils dit en première année de psychologie ? C'était une pensée pratiquement paranoïaque. Comme si Danny Jones, du Whitney College, Virginie, États-Unis, pouvait avoir quelque chose à voir avec le succès ou l'échec du voyage de Colomb.

Ils atteignirent le petit canot qui les conduirait vers la petite flotte de caravelles. La foule huait et raillait.

"... je vais débarquer au bout du monde, Colomb."

"Si les monstres ne t'attrapent pas en premier."

"Ou les tempêtes et les tourbillons."

Colomb saisit la main de Nina. Martin-Danny prit fermement son autre bras et le dirigea vers la proue du skiff. "Du calme maintenant, capitaine", dit Danny.

"Je ne peux pas-"

"Il y a du vin au Santa Maria", murmura Danny. "Beaucoup de vin, pour te faire oublier. Allez !"

"Et j'y vais, père", dit Nina. "Que vous y alliez ou non."

"Toi!" Colomb haleta. "Une fille. Toi, tu vas—"

"Avec Martin Pinzon. Si... si mon propre père ne peut pas s'occuper de moi, alors Martin le pourra."

"Mais tu—" commença Danny.

« Tais-toi, s'il te plaît », murmura-t-elle tandis que Colomb montait avec raideur dans le canot. "C'est peut-être le seul moyen, Martin. Il—il m'aime. Je suppose que je suis la seule chose qui l'intéresse. S'il sait que j'y vais."

"À la Santa Maria!" Columbus l'a dit aux rameurs alors que Danny et Nina montaient dans le canot.

"Vers le Nouveau Monde!" s'écria Danny mélodramatiquement.

"Qu'est-ce que vous avez dit?" Lui demanda Nina.

Son visage s'est coloré. "Je veux dire, aux Indes ! Aux Indes !"

Le canot traversa le port en direction des trois caravelles qui attendaient. L'heure du départ était arrivée.

Deux heures plus tard, ils étaient en route.

La mer était calme comme du verre, verte comme l'émeraude. Les trois caravelles, après un voyage de plusieurs jours, avaient atteint les îles Canaries où l'on pouvait se procurer des provisions supplémentaires et de l'eau douce .

« Ceci », dit Colomb en agitant les bras pour saisir la chaîne d'îles. "C'est tout ce qu'un simple homme a le droit d'aller. Il n'y a rien de plus, tu ne vois pas ? N'est-ce pas ?"

Il était sobre. Danny était venu dans une embarcation du Nina pour veiller à ce qu'il reste sobre au moins pendant le chargement et le départ. C'était comme si lui, Danny, allait préserver le nom de Colomb pour l'histoire – à lui seul si nécessaire.

"Nous n'allons pas continuer", a déclaré Columbus. "Nous rentrons. Le seul chemin vers les Indes, c'est par le Cap des Tempêtes, par l'Afrique. Je vous le dis..."

"Ça suffit, père," dit Nina. "Nous ..."

"Je commande ici", leur dit Colomb. Cela a surpris Danny. Habituellement, le marin ivre n'était pas aussi sûr de lui. Puis Danny s'est rendu compte que ce n'était pas simplement de l'affirmation de soi : c'était de la peur.

Danny a appelé son compagnon, un unijambiste nommé Juan, qui marchait d'un pas vif malgré sa jambe de bois. « Vous recevez les ordres de Colomb ? » dit Danny. « Accepteriez-vous mes ordres ?

Juan secoua la tête en souriant. "Vous commandez uniquement à bord du Nina, Martin Pinzon. J'ai entendu ce que le capitaine a dit. S'il veut revenir en arrière et abandonner ce projet insensé, je n'ai aucun problème. Et vous savez que le reste de l'équipage dira la même chose. "

Nina regarda Danny désespérément. Elle a dit : « Alors, ça ne sert à rien ?

Danny murmura férocement : « Ton père t'aime beaucoup ?

"Oui mais-"

"Et tu ne veux pas qu'il t'arrive quoi que ce soit ?"

"Mais-"

"Et tu crois que le monde est plat et que si tu navigue assez loin vers l'ouest, tu vas tomber ?"

"Mais je-"

"Alors tu viens avec moi à bord du Nina !"

Columbus haleta : « Qu'as-tu dit ?

" Elle vient avec moi, sur la Nina. Si tu ne veux pas trouver la route de l'ouest vers les Indes, nous le ferons. N'est-ce pas, Nina ? " dit-il en lui prenant la main et en se dirigeant vers l'endroit où l' échelle de corde pendait du bord du Santa Maria jusqu'au canot en contrebas.

"Ne la retirez pas de ce pont", ordonna Colomb.

Danny l'ignora. "Don Juan!" s'écria Columbus, et la jambe de bois se dirigea vers Danny.

"Je suis désolé, Don Martin," dit-il, "mais..."

Tenant toujours la main de Nina, Martin l'écarta du chemin et courut sur le côté. Quelqu'un a mis l' échelle de corde hors de portée et quelqu'un d'autre a sauté sur Martin. Car il était désormais Martin, Martin Pinzon. Sa propre identité semblait enfouie bien sous la surface, comme s'il pouvait regarder tout cela sans rien risquer. Il savait qu'il n'était qu'un mécanisme de défense pour conjurer la peur : car ce n'était pas vrai. Si Martin Pinzon était blessé, *il* le serait.

Il fit tomber l'homme de son dos. Nina a crié alors qu'un coutelas brillait au soleil. Martin-Danny se baissa et sentit la lame siffler au-dessus de sa tête.

"Saut!" Martin-Danny a pleuré.

"Mais je ne sais pas nager !"

"Je peux. Je vais te sauver." C'était encore Danny, complètement Danny. Il se sentit remonter à la surface, submergeant Martin Pinzon. Parce que l'Espagnol ne savait probablement pas nager du tout, et si Danny faisait des promesses, c'était Danny qui devait les tenir.

Il serra la main de Nina. Il est monté sur le côté – et au-delà. L'eau semblait très loin. Ils l'ont finalement frappé avec un grand splash.

Ils descendirent et descendirent dans les profondeurs vertes et chaudes et troubles. En bas – et enfin en haut. La tête de Danny a fait surface. Il n'était qu'à quelques mètres du canot. Il n'avait jamais lâché la main de Nina, mais maintenant il l'avait fait, la prenant en main par un sauveteur. Il se dirigea vers le skiff.

Quinze minutes plus tard, ils étaient à bord du Nina. "Je commande ici", a déclaré Danny à l'équipage. "Est-ce exact?"

"Oui, monsieur", a déclaré Don Hernan, le second.

"Même si Colomb te dit le contraire ?"

"Colomb?" cracha Don Hernan. "C'est cet ivrogne qui commande la Santa Maria, pas la Nina. Nous suivons ici Martin Pinzon."

"Même si je donne une série d'ordres et Columbus une autre ?"

"Même alors, mon commandant. Oui."

"Alors nous naviguons vers l'ouest", cria Danny . "Lèvez l'ancre ! Dépêchez-vous."

"Mais je—" commença Nina.

"Tu ne vois pas ? Il pense que je t'enlève. Ou il pense que je navigue vers l'ouest avec toi vers une mort certaine. Il suivra avec la Santa Maria et la Pinta , essayant de te sauver. Et nous atteindrons les Indes. Colomb traversera la mer occidentale pour sauver sa fille, mais quelle est la différence *pourquoi* il naviguera. L'important est que la reine Isabelle lui a donné la charte et les caravelles et avec elles, il entre dans l'histoire.

"Je... je pense que oui," dit Nina dubitative.

Un vent entêtant se leva. Les voiles carrées se gonflaient. La Nina commença à avancer vers l'Ouest inconnu.

Le matériel grinça à bord du Santa Maria et du Pinta , à proximité . Les deux autres caravelles se lancent à leur poursuite. Mais ils ne nous rattraperont pas, Martin le savait. Ils ne nous rattraperont pas avant notre arrivée à Hispaniola. Et puis , il n'y aura plus de poursuite. Ensuite, cela n'aura plus d'importance et nous serons tous des héros....

C'est comme ça que ça s'est passé – presque.

Le Santa Maria et le Pinta ont poursuivi leur route tout au long des mois d'août, de septembre et d'octobre, mais le Nina a gardé sa mince avance. Les navires n'étaient jamais hors de vue les uns des autres et, une ou deux fois, Colomb les a même salués, les implorant de retourner en Espagne avec lui. Lorsqu'ils l'ignorèrent, sa voix grave résonna vers son propre équipage et celui de la Pinta : "Alors naviguez, naviguez !" Ce sont ces mots, Danny le savait, que l'histoire retiendra. Pas les autres.

Un matin d'octobre, il se réveilla en sursaut. Quelque chose avait perturbé son sommeil – quelque chose…

"Bonjour, capitaine," dit une voix.

Il a regardé en haut. C'était un homme géant, avec un visage dur et des yeux brutaux. Il connaissait ce visage. Pietro ! Le géant de la taverne.

"Mais toi-"

"J'étais à bord tout le temps, mon capitaine", a déclaré Pietro. "Un rameur auxiliaire. On ne l'a jamais su." Il n'a rien dit d'autre. Il se jeta sur la couchette de Martin – car je suis à nouveau Martin, pensa Danny – un couteau brillant dans sa grande main.

Martin-Danny se redressa, emportant les couvertures avec lui, les lançant comme une cape sur Pietro. La main du couteau du géant s'enfonça dans les couvertures et Danny se releva, bousculant le grand homme. Pietro trébucha sur la couchette, puis se retourna rapidement, de manière inattendue, le couteau se lâchant à nouveau. Danny le sentit lui gratter les côtes de manière brûlante et brûlante . Il chancela et faillit tomber, mais parvint à atteindre la porte et sur le pont. Il lui fallait de la place. Face à ce couteau dans l'enceinte étroite de la cabine, il était un homme mort et il le savait.

Il monta les escaliers et se dirigea vers le pont. Il atteignit la porte en tirant. Cela a tenu bon. Il entendit le rire de Pietro, puis se jeta sur le côté. Le couteau s'enfonça dans le bois à côté de l'épaule de Danny.

Puis la porte s'ouvrit, le rejetant. Il trébucha, retrouva son équilibre, plongea dehors. Avec un rugissement, Pietro le suivit, le couteau à nouveau à la main.

Danny recula lentement. Seuls quelques membres d'équipage étaient désormais sur le pont, ainsi qu'un guet en haut du nid de pie. La montre criait d'une voix presque délirante : "Atterrissez, atterrissez ! Atterrissez ho- oo !" Mais Martin-Danny entendit à peine ces mots. Pietro s'approcha de lui...

Soudain, Don Hernan se retrouva devant lui. La main de Don Hernan se mordilla de haut en bas et un couteau se dirigea vers Danny. Il l'attrapa par la poignée et se tourna vers le géant. Mais , pensa-t-il, je ne sais pas me servir d'un couteau. Je m'appelle Danny Jones, je...

Pietro bondit, le couteau baissé, tenu vaguement à son côté, sournoisement, prêt à trancher et à déchirer. Danny esquiva et Pietro passa précipitamment. Danny attendit.

Pietro revint prudemment cette fois, accroupi, en équilibre facilement sur la pointe de ses pieds. Malgré sa taille, il se battait avec la grâce d'un danseur.

Danny sentit une humidité chaude à l'endroit où le sang s'écoulait de ses côtes. Les pieds martelaient tandis que de plus en plus de membres de l'équipage montaient sur le pont en réponse aux paroles délirantes du quart. Au lieu de se rassembler à la proue, ils formèrent un cercle autour de Danny et Pietro. Danny pensa : Mais je suis le capitaine. Le capitaine. Ils devraient m'aider... ils... Mais il savait qu'ils ne le feraient pas. C'était un peuple féroce et fier et la loi du combat singulier s'appliquait même au capitaine qui les avait pilotés à travers un océan inconnu.

Pietro est arrivé, essayant de frapper avec son couteau de l'extérieur. Danny se déplaça rapidement – pas assez vite. Cette fois, la pointe du couteau lui toucha le bras. Il sentit sa main s'engourdir. Son propre couteau frappa le pont tandis que du sang coulait de ses biceps.

Une fois de plus, Pietro le chargea. Sans arme, Danny attendit. Pietro riait, sûr de lui...

Imprudent.

Danny s'écarta tandis que Pietro brandissait le couteau d'un mauvais coup. Il tourna avec et quand il revint, Danny l'attendait. Il enfonça son poing gauche dans le gros ventre et son poing droit dans la grosse mâchoire barbue. Pietro s'effondra, l'incrédulité dans les yeux. Il balança à nouveau le couteau mais ne réussit qu'à enrouler son bras géant autour de Danny. Il baissa la tête, la secoua pour la dégager de la douleur des coups de Danny. Et Danny lui a donné un coup de lapin.

Pietro tomba lourdement et quelqu'un cria. "Le visage ! Frappez-le au visage !"

Avec lassitude, Danny secoua la tête. Il accompagna Nina jusqu'au rail et aperçut l'île verte du Nouveau Monde bordée de palmiers. Nina lui sourit, puis arracha quelque chose de ce qu'elle portait et commença à lui bander les côtes, son bras.

Ils entendirent un clapotis. Danny regarda autour de lui et vit Don Hernan et un membre de l'équipage qui regardaient sereinement. Pietro était là-bas, là où ils l'avaient jeté. Pendant un moment, le corps flotta, puis les membres éclaboussèrent sauvagement tandis que Pietro reprenait conscience. Il s'éloigna du navire. Il est tombé et est remonté. Il a sombré de nouveau et est resté en dessous....

"Les Indes", dit Nina.

"Les Indes", dit Danny. Il n'a pas fait de distinction entre l'Est et l'Ouest. Ils doivent apprendre par eux-mêmes.

La Pinta et la Santa Maria arrivèrent à leur hauteur. Toute idée de poursuite avait disparu. Colomb fit un signe de la main. Il était désormais très proche sur le pont du Santa Maria. Il y avait quelque chose sur son visage, quelque chose de changé. Colomb était désormais un homme nouveau. Il avait eu honte. Il avait suivi sa fille et Martin Pinzon à travers un océan inconnu et il était désormais changé . D'une manière ou d'une autre, Danny savait qu'il pouvait désormais voyager seul.

"Martin," murmura Nina. "Ils diront peut-être que c'était mon père. Mais c'était toi. Je saurai dans mon cœur que c'était toi."

Danny hocha la tête. Elle passa son bras autour de son épaule et l'embrassa. Il aimait cette fille mince – il l'aimait énormément, et ce n'était pas bien. Elle n'était pas à lui, pas vraiment. Elle appartenait à Martin Pinzon . Il a laissé l'Espagnol remonter à la surface, a fait reculer et s'éloigner son propre esprit. Elle est toute à toi, Pinzon, dit-il à l'autre esprit de son corps. Elle… et ce monde. Je suis un… étranger ici.

Mais une fois de plus, il embrassa Nina, férocement, avec passion et désir.

"Au revoir, ma chérie", dit-il.

"Au revoir ! Quoi—"

Il a laissé Martin Pinzon prendre le relais. "Bonjour", dit Martin Pinzon. "Je veux dire, bonjour pour toujours, chérie."

Elle a ri. "Au revoir ton célibat, tu veux dire."

"Oui," dit-il. "Oui."

Mais c'était Martin Pinzon qui parlait à présent. Tout à fait Martin Pinzon.

Il était de retour dans le sous-sol de son grand-oncle . Il était dans le coffre et il se sentait raide. La plupart du temps, son bras droit et ses côtes droites étaient raides. Il sentit sa chemise. C'était couvert de sang.

La preuve, pensa-t-il. Si j'avais besoin d'une preuve. Ce qui est arrivé à Pinzon m'est arrivé.

Il s'est levé. Il se sentait faible, mais savait que tout irait bien. Il connaissait Columbus maintenant. Au début, un faible ivrogne. Mais après le premier voyage, grâce à Martin Pinzon et Nina, une voyageuse intrépide. Car l'histoire disait que Colomb ferait quatre voyages vers le Nouveau Monde – et il en ferait quatre.

Danny est sorti, là où l'avocat l'attendait. La malle appartenait désormais à Danny, la malle du temps. Et il l'utilisait encore, souvent. Il le savait maintenant, et ce n'était pas une bonne chose de dégonfler un rêve.

Colomb était un héros. Il ne dirait plus jamais le contraire.

LA FIN

Milton Keynes UK
Ingram Content Group UK Ltd.
UKHW041846121024
449535UK00004B/375

9 789361 466120